BEI GRIN MACHT SICH IHR WISSEN BEZAHLT

- Wir veröffentlichen Ihre Hausarbeit, Bachelor- und Masterarbeit

- Ihr eigenes eBook und Buch - weltweit in allen wichtigen Shops

- Verdienen Sie an jedem Verkauf

Jetzt bei www.GRIN.com hochladen und kostenlos publizieren

Bibliografische Information der Deutschen Nationalbibliothek:

Die Deutsche Bibliothek verzeichnet diese Publikation in der Deutschen National-
bibliografie; detaillierte bibliografische Daten sind im Internet über http://dnb.d-
nb.de/ abrufbar.

Impressum:

Copyright © 2013 GRIN Verlag, Open Publishing GmbH
Druck und Bindung: Books on Demand GmbH, Norderstedt Germany
ISBN: 9783668343245

Dieses Buch bei GRIN:

http://www.grin.com/de/e-book/344562/wege-zur-bewaeltigung-virtuosen-klavier-
spiels-liedtranskription-der-erlkoenig

Ludwig Schwarztrauber

Wege zur Bewältigung virtuosen Klavierspiels. Liedtranskription „Der Erlkönig" von Franz Liszt

GRIN Verlag

GRIN - Your knowledge has value

Der GRIN Verlag publiziert seit 1998 wissenschaftliche Arbeiten von Studenten, Hochschullehrern und anderen Akademikern als eBook und gedrucktes Buch. Die Verlagswebsite www.grin.com ist die ideale Plattform zur Veröffentlichung von Hausarbeiten, Abschlussarbeiten, wissenschaftlichen Aufsätzen, Dissertationen und Fachbüchern.

Besuchen Sie uns im Internet:

http://www.grin.com/

http://www.facebook.com/grincom

http://www.twitter.com/grin_com

Bachelorarbeit
im Fachbereich Klavierpädagogik

Thema:

Wege zur Bewältigung virtuosen Klavierspiels am Beispiel der Liedtranskription „Der Erlkönig" von Franz Liszt

Autor: Ludwig Schwarztrauber

Abgabetermin: 01.06.2013

Inhalt

I.   Einleitung.. 3

II.   Der Terminus Virtuosität und seine Rolle in der Klaviermethodik.............................. 4

    1.   Definitionsversuche des Terminus Virtuosität 4

    2.   Die Bewältigung virtuosen Klavierspiels als Thema in der Klaviermethodik............................ 6

III. Liszts Erlkönig-Transkription.. 7

    1.   Allgemeine Einordnung und Begründung des Untersuchungsgegenstandes 7

    2.   Auflistung der pianistischen Anforderungen 8

IV.   Methodisch-didaktische Analyse ausgewählter Anforderungen 10

    1.   Oktaven-/Akkord-/Doppelgriffvibrato 10

    2.   Oktavpassagen 13

    3.   Sprünge... 14

    4.   Mehrstimmigkeit innerhalb einer Hand 17

    5.   Tremoli 19

    6.   Arpeggien 23

    7.   Gebrochene Akkorde.. 28

V.   Fazit 33

Anhang 34

Literaturverzeichnis..35

I. Einleitung

„Die schönste Technik im Dienste der schönsten Idee, dies ist das Kunstbedürfniß, dies ist der höchste Zielpunkt, dem das Klavierspiel nachzustreben hat."[1] Das Zitat über das Leitziel des Klavierspiels für die vollkommene Virtuosität von Adolph Kullak verdeutlicht eine klare Rangordnung: Die schönste Technik steht unter der schönsten [musikalischen] Idee. Während die Idee von subjektiven Empfindungen abhängt, ist die Technik wissenschaftlich erfassbar. Wird sie nicht beherrscht, kann die musikalische Idee als lediglich durch den Notentext eingeschränktes, aber grundsätzlich individuellen Freiheiten unterlegenes Phänomen vom jeweiligen Spieler nur in geringem Maße oder überhaupt nicht verwirklicht werden, da sich die psychischen Kräfte auf die Bewältigung der technischen Anforderungen richten, anstatt auf die Musik.

Die Technik spielt also eine wesentliche Rolle bei der Bewältigung virtuosen Klavierspiels und ist ob ihrer Greifbarkeit Inhalt aller Klaviermethoden, unabhängig davon, ob sie einer sog. „mechanistischen" oder „ganzheitlichen" Richtung angehören. Herauszufinden, wie die technischen Fertigkeiten im Sinne der Virtuosität beschaffen sind, wie diese erreicht werden können und ob es dabei für das Stadium der Virtuosität ein Maß an solchen Fertigkeiten gibt, ist Ziel vorliegender Arbeit.

Eine ausgedehnte Literaturrecherche meinerseits zeigt, dass die übrigen Komponenten der Virtuosität noch relativ unerforscht sind. Der Fülle von klaviermethodischen Lehrbüchern, die auf die Erreichung der sog. „Virtuosität" v.a. im Sinne der großen Virtuosen des 19. Jh. zielen, steht eine nur kleine Anzahl von grundsätzlich musikwissenschaftlich und psychologisch geprägten Arbeiten explizit über „Virtuosität" gegenüber. Vergeblich sucht man daher in einschlägigen Lexika Erklärungen, die alle Facetten dieses Phänomens beleuchten. Heinz von Loesch (Wissenschaftlicher Mitarbeiter, Staatl. Institut für Musikforschung Preußischer Kulturbesitz, apl. Prof., TU Berlin) sieht in der „extensiven Breite" des Begriffs der Virtuosität den Hauptgrund für die definitorische Problematik und die Scheu der Musikwissenschaften vor seiner Erforschung. Gerade in dieser rationalen Unschärfe liege aber auch die Faszination der Virtuosität.[2] Seit längerem widmet sich insbesondere die Psychologie vermehrt der Erforschung der Virtuosität, ohne jedoch spezifisches pianistisches Fachwissen miteinzubeziehen. Dazu zähle ich bspw. die Expertise-Forschung mit Vertretern wie Albert Ziegler (Professor für Pädagogische Psychologie, Universität Erlangen-Nürnberg).[3] Seit einigen Jahren wächst vermehrt auch auf musikwissenschaftlicher Seite das Interesse an der Erforschung der Virtuosität.[4]

---

[1] Kullak 1860, S.47.
[2] Siehe Loesch 2004, S. 11.
[3] Vgl. Ziegler, Albert (2008): Hochbegabung. Stuttgart: UTB.
[4] Vgl. Loesch; Mahlert; Rummenhöller (Hrsg.) (2004).

Eine nähere Beleuchtung des Begriffs „Virtuosität" und die Schilderung der Auseinandersetzung der Klaviermethodik mit dem Phänomen sind Gegenstand von Kapitel II. Oben aufgeführte Fragen, werden am Beispiel von Liszts „Erlkönig" zu beantworten versucht. In Kapitel III wird die Auswahl des Stücks für die Untersuchung begründet und analysiert. Kapitel IV bildet den Kern der Arbeit: Hier werden zufällig ausgewählte pianistische Anforderungen des Werkes analysiert und methodisch aufbereitet.

Kapitel V beginnt mit einer Auswertung der in Kapitel IV gewonnen Erkenntnisse im Hinblick auf die oben formulierten Fragestellungen der Arbeit und enthält zudem eine Zusammenfassung, eine kritische Betrachtung der verwendeten Methodik, eine Darstellung der möglichen Nutzungsanwendung der Arbeit sowie die Thematisierung offen gebliebener Fragen.

II. Der Terminus Virtuosität und seine Rolle in der Klaviermethodik

1. Definitionsversuche des Terminus Virtuosität

Die unterschiedlichen Facetten von „Virtuosität" beziehen sich sowohl auf (musikalische) Reproduktionsprozesse, d.h. auf Interpretationsvorgänge oder auf den Interpreten selbst, als auch auf das musikalische Produkt, also die Komposition, die Satztechnik, die Anforderungen des Produkts etc.[5] Aus Sicht der Reproduktionsvorgänge definiert Hanns-Werner Heister (Professor für Musikwissenschaft an der Hochschule für Musik und Theater Hamburg) Virtuosität als dreiteiliges Modell, das sich aus dem sog. *Agon-*, *Metier-* und *Zirkus*-Prinzip zusammensetzt. Virtuosität sei eine je nach sozialem/kulturellem/historischem Kontext unterschiedlich definierte mögliche Hoch- oder Höchstleistung, die nur von einzelnen Personen erreichbar sei und sich aus „mechanischen" und kognitiven Teilen (Agon-Prinzip) zusammensetze. Sie sei in allen Lebensbereichen möglich, konzentriere sich beim einzelnen aber auf begrenzte Bereiche, wie z.B. Gesang, Geige, Klavier oder aber außermusikalische Disziplinen wie Schach, Mathematik usw. (Metier-Prinzip). Sichtbar werde Virtuosität durch die Mühelosigkeit der Ausführung der Höchstleistung in einem bestimmten Metier (Zirkus-Prinzip). Auf dem Gebiet der Musik sind Virtuosen also diejenigen, die auf ihrem Instrument o.ä. Höchstleistungen zeigen und die Anforderungen „spielend" meistern.[6]

Vom Standpunkt des musikalischen Produkts definiert sich Virtuosität als ein Phänomen, das bei Reproduktionsprozessen oben genannte Prinzipien einfordert.[7] Das bedeutet, dass es verbindliche, im musikalischen Satz sichtbare Kriterien für Höchstleistung gibt. In vielen Kompositionen Liszts treten sie

---

[5] Vgl. Heister 2004, S. 17-25; Großmann 2004, S. 198f.
[6] Heister 2004, S.17-25.
[7] Vgl. Loesch 2004, S. 12.

bspw. als weitgriffige Akkorde, Oktavengänge, Nachschlagtechnik, weitreichende Arpeggien und Überschlagtechnik, Tremolopassagen, Trillerketten, gesteigerte Dynamik, Ausnutzung der Klangmöglichkeiten der einzelnen Lagen und deren klangliche Kombination durch besondere Pedalbehandlung in Erscheinung.[8] Linde Großmann (Professorin für Klavier an der Universität der Künste in Berlin) bündelt diese Aspekte zu vier zusammenhängende Themenbereiche mit jeweils spezifischen pianistischen Anforderungen:

1. *Die [virtuose] Musik zeichnet sich aus durch hohe Klangdichte bei meist geringer struktureller (harmonischer und thematischer) Dichte. Mit anderen Worten: Durch hohes Tempo bzw. kompakten Satz erklingen viele Töne pro Zeiteinheit; musikalische Ereignisse werden durch viele Töne repräsentiert, der Einzelton hat also nicht so viel Gewicht (daraus entstehende Aufgaben für den Spieler: Schnelligkeit, Schaffung klarer Hierarchien innerhalb der Fraktur)*

2. *Der Tonumfang des Instruments wird bis an die Grenzen ausgenutzt (Aufgaben für den Spieler: eine sichere Orientierung mittels Augen, Gehör, Tastgefühl und innerer Vorstellung; gute körperliche Anpassung an das Instrument).*

3. *Die dynamische Bandbreite ist sehr groß (Aufgabe für den Spieler: zweckmäßige Koordination des Spielapparates u. a. zur Mobilisierung der notwendigen Kraft)*

4. *Häufig tritt eine gewisse rhythmische Simplizität auf durch die vielfache Wiederholung gleicher oder ähnlicher Spielfiguren (Aufgabe für den Spieler: Ausdauer).[9]*

Großmann fasst diese Anforderungen zu vier erlernbaren Komponenten der Virtuosität zusammen: Kraft, Kraftübertragung, Ausdauer und Schnelligkeit. Kraft ist ihrer Meinung nach das Resultat von Koordinationstraining, das sich positiv auf die Muskeln und zusätzlich auf die Schnelligkeit auswirkt. Die optimale Kraftübertragung resultiert aus einer optimalen Bewegungsrichtung der Kraft, Ausdauer aus der ökonomischen Behandlung des Instruments und des Körpers. Alle vier Komponenten sind so eng miteinander verknüpft, dass sowohl Defizite als auch Verbesserungen in einem Bereich Auswirkungen auf die anderen Bereiche haben.[10]

---

[8] Matuschka 1980, S. 11.
[9] Großmann 2004, S.198.
[10] Siehe Großmann 2004, S. 198 ff.

2. Die Bewältigung virtuosen Klavierspiels als Thema in der Klaviermethodik

Muzio Clementi (1752 - 1832), Johann Nepomuk Hummel (1778 - 1837) und Carl Czerny (1791 - 1857) gelten als die ersten bedeutenden Klaviermethodiker des 19. Jahrhunderts. Auf der Grundlage ihrer Pädagogik erwuchs die Technik der großen Virtuosen. Im Fokus stand v.a. die Ausbildung der Fingerfertigkeit.[11] Mit dem Schaffen Liszts, Chopins, Thalbergs und vieler weiterer Zeitgenossen weitete sich die Ausbildung auf die Koordination und das Training der Arme, Schultern und schließlich des ganzen Körper aus. Oberstes Ziel der Klavierpädagogik war es seitdem, die Fähigkeiten der Virtuosen lehrbar zu machen. Rudolf Maria Breithaupts Lehrwerk „Die natürliche Klaviertechnik", das Anfang des 20. Jh. erschien, bildet eine Art Kompendium dieser sog. „mechanistisch" verhafteten Ausrichtung der Klavierpädagogik, welche den korrekten Einsatz Bewegungsapparats in den Mittelpunkt stellt.[12] Breithaupts Methode beruht v.a. auf einer natürlichen, zweckmäßigen und auf individuelle Belange abgestimmte Bewegungslehre, in Breithaupts Worten auf „ganz bestimmten, einfachen und natürlichen Bewegungen, nervösen, wie muskulären Funktionen, die ihrerseits die Beobachtung bestimmter psycho-physiologischer Gesetze voraussetzen. Eine natürliche Methode besteht in der richtigen Anwendung dieser gegebenen physiologischen Grundlagen und der richtigen Entwicklung der Individualität zu dieser Seite hin. Also freie, natürliche Schulung von Fingern, Händen und Armen, unter Wahrung und Entwicklung jeder persönlichen Eigenheit."[13]

Kritiker bemängelten v.a. die Einseitigkeit dieser Strömung auf die Bewegungslehre und ihre Anwendung.[14] Anfang des 20. Jh. entstand daher eine psychologisch oder „ganzheitlich" geprägte Ausrichtung der Klavierpädagogik, die z.B. das systematisch-logische Nachdenken, die sog. „Reflexion" als Ausgangspunkt des Klavierspiels verstand.[15] [16] Im Mittelpunkt stehen u.a. Gedächtnistraining durch die planvolle Beschäftigung mit Formen und Harmonien sowie das Training von Gehör und Mechanik. Karl Leimer, Walter Gieseking, Carl Adolf Martienssen und Margot Varro sind bspw. namhafte Vertreter dieser Ausrichtung.[17]

Der Technikbegriff bezieht sich in den psychologisch geprägten Ansätzen v.a. auf mechanische Bewegungsabläufe.[18] In vorliegendem Technikverständnis sind die *modernen* Ansätze jedoch ebenfalls die Darstellung einer Technik, die schlussendlich zur Virtuosität führen soll. Das beweisen Leimers Ausführungen zu den Grundlagen seiner Methode: „[Sie] beruht auf der sorgfältigen Beobachtung

---

[11] Matuschka 1980, S. 11.
[12] Vgl. Matuschka 1980
[13] Breithaupt 1921, S. 6 f.
[14] Vgl. Leimer; Gieseking 1998, S. 51.
[15] Vgl. Leimer; Gieseking 1998
[16] Anmerkung: Bereits in einigen mechanistischen Ansätzen ist von „Reflexion" die Rede. Sie bezieht sich jedoch auf das Nachdenken über Bewegungsabläufe. Vgl. dazu Breithaupt 1921.
[17] Siehe Sekundärliteraturverzeichnis.
[18] Vgl. Leimer/Gieseking 1998

einer Reihe von nach meiner Meinung selbstverständlichen Forderungen; die Art und Weise, wie ich diese Selbstverständlichkeiten anwende und zu einem System geordnet habe, ergibt den kürzesten, wenn nicht den einzigen Weg, um die musikalische Begabung eines Schülers wirklich zur vollen Entfaltung zu bringen und ihm in seinem Spiel zur höchsten Ausdrucksmöglichkeit zu verhelfen."[19]

Für vorliegende Arbeit sei nachfolgende Technikdefinition nach Dagmar Wolff (freie Mitarbeitern der Hochschulen für Musik in Karlsruhe und Luzern) vorausgesetzt: „Klaviertechnik ist die Gesamtheit aller Fertigkeiten, die aufgrund des gesamten Vorwissens eines Interpreten (bezüglich des zu spielenden Stückes) aktiviert wird, zum Einsatz kommt oder erworben wird, und in der Folge zu einem intendierten, situationsadäquaten und dem Kenntnisstand und dem allgemeinen psychosozialen Zustand des Spielers entsprechenden klanglichen Resultat führt."[20]

Die Behandlung der Virtuosität auf dem Gebiet der Klavierpädagogik zeigt also: Es existiert *keine* Methode, die Virtuosität lehrt. Lehrbarkeit beansprucht allein der Technikbegriff auf psychologischer und physiologischer Seite. Diese Erkenntnisse bestätigen die von Linde Großmann konstatierten vier übungsabhängigen Aspekte der Virtuosität, die sowohl mechanistisch als auch ganzheitlich geprägt sind (→ S. 14 f.). Die methodischen Vorschläge zur Bewältigung der Virtuosität in Kapitel IV richten sich daher auf die Klaviertechnik.

III. Liszts Erlkönig-Transkription

Als Untersuchungsbeispiel für Kapitel IV dient die Liedtranskription „Erlkönig" von Franz Liszt. Vorliegendes Kapitel schafft einen grundsätzlichen Überblick über das Werk und begründet seine Auswahl für vorliegende Untersuchung. Zudem werden pianistische Anforderungen aufgeführt, die sich für eine methodische Analyse eignen.

1. Allgemeine Einordnung und Begründung des Untersuchungsgegenstandes

Der Erlkönig gehört zu Liszts frühesten Transkriptionen und erschien 1838 beim Verlag Anton Diabelli in Wien. Es zählte zu Lebzeiten Liszts zu den meistverlangten Stücken beim Publikum.[21] Charakteristische Grundelemente wie Form, Tonart, Taktart, Melodieführung etc. wurden vom Original übernommen und mit anspruchsvoller Spieltechnik – wohl beim Improvisieren – erweitert.[22]

---

[19] Leimer/Gieseking 1938, S. 15.
[20] Wolff, Dagmar (2008). S.26.
[21] AmZ, 1840, S. 262/3. In: Kabisch 1984, S. 73.
[22] Siehe Presser 1953, S. 139 ff.

Auffällig abgesetzt gegen die von den charakteristischen Vibratobewegungen geprägte Vorspiel sowie Erzähler- und Vater/Sohn-Strophen sind die zwei der drei Strophen, in denen der Erlkönig „spricht" (58 ff.; 87 ff.). Liszt komponierte weitgriffe Arpeggien mit der Melodie in hoher Lage (T. 58 ff.) und eine Mischung aus z.T. arpeggierten Oktavgängen und harmonischen Nachschlägen (T. 87 ff.), während die Begleitung aus jeweils unterschiedlichen, aber in sich eher einheitlichen Akkordbrechungsfiguren besteht, die sich von den vorausgegangenen Vibratobewegungen absetzen. Die dritte Erlkönig-Strophe (T. 117 ff.) lehnt sich wiederum vermehrt an das charakteristische Vibrato vom Anfang des Stückes an, ist durch die Fülle von Tönen (bis zu 9 Töne) klanglich sehr dicht. Durch die Akzentuierung der neapolitanischen Subdominate verweist sie außerdem auf den Schluss des Stücks.[23] In der Schlusspartie (T. 131 ff.) variiert Liszt die Triolen-Repetitionsfigur zu einer Duolenfigur, was zu einer deutlichen Akzentvermehrung führt, die die dramatische Zuspitzung der Thematik unterstreicht. Die pianistischen Anforderungen zeigen sich in der exzessiv verwendeten Oktavtechnik, in der Erweiterung/Verdichtung des harmonischen Materials, den großen (Doppel-)griffen, den Sprüngen, den Repetitionen, den Tremoli und nicht zuletzt im hohen Tempo des Stücks. Hier sind also im besonderen Maße Kraft, ihre optimale Übertragung, Schnelligkeit und Ausdauer gefordert (vgl. S.4). Liszts Erlkönig erfüllt damit alle Kriterien virtuoser Klaviermusik und dient damit als repräsentatives Untersuchungsbeispiel für dieses Genre.

2. Auflistung der pianistischen Anforderungen

Wie in Kapitel II dargelegt, eignen sich v.a. technische Anforderungen als beschreib- und überprüfbare Phänomene für eine methodische Analyse. Nachfolgende Tabelle enthält daher die mir relevant erscheinenden, technisch anspruchsvollen Anforderungen für Pianisten. Die „musikalische Idee" ist, wie bereits angedeutet, nicht Gegenstand der Arbeit.

Die Liste erhebt keinen Anspruch auf Vollständigkeit. Beachtet werden sollte zudem, dass unten aufgeführte Anforderungen abseits von Etüden eher selten in Reinform auftreten. Im Notentext gängiger Klavierliteratur finden sich dagegen sehr häufig ganze Anforderungsbündel gleichzeitig, wie bspw. in T. 58 ff., wo gebrochene Akkorde mit Sprüngen gepaart wurden. Die Auflistung spiegelt daher nur eine für methodische Belange notwendige Reduktion auf relevante Aspekte wider.

---

[23] Siehe Kabisch 1984, S. 87.

Formteil	Takte	Länge	Anforderungen
Vorspiel	1-15	15 Takte	• Oktaven-/Akkordvibrato (T. 1-7) • Oktavpassagen (T. 2, 4, 9, 11)
Strophe 1 *Erzähler*	16-32	21 Takte	• Akkord-/Doppelgriffvibrato (T. 16-31) • Übergreifen (T. 16-18) • Große Sprünge (T. 20-23) • Mehrstimmigkeit innerhalb einer Hand (T. 17, 19-32)
Zwischen- spiel	32- 36	5 Takte	• Oktavenvibrato (T. 32-36) • Oktavpassagen (T. 33, 35)
Strophe 2 *Vater/Kind*	37-57	21 Takte	• Oktaven-/Akkord-/Doppelgriffvibrato (T. 37-57) • Arpeggien (T. 41-44, 46-49) • Übergreifen (T. 41-44, 46-49) • Mehrstimmigkeit innerhalb einer Hand (T.41-44, 46-49)
Strophe 3 *Erlkönig*	58-72	15 Takte	• Arpeggien in weiter Lage (T. 58-71) • Mehrstimmigkeit innerhalb einer Hand (T. 58-71) • Gebrochene Akkorde (T. 58-71) • Große Sprünge (T. 63, 65, 66, 68, 70 f.) • Oktavtremoli mit und ohne Positionswechsel (T. 72)
Strophe 4 *Kind/Vater*	73-86	15 Takte	• Oktavtremoli mit und ohne Positionswechsel (T. 74, 76) • Oktaven-/Akkord-/Doppelgriffvibrato (T. 73, 75, 79-86) • Tonrepetionen (T. 76) • Übergreifen (T. 77-79) • Dezimen (T. 77-79) • Melodie in der Mittelstimme, Mehrstimmigkeit innerhalb einer Hand (T. 81-85) • Arpeggien (T. 82, 84)
Strophe 5 *Erlkönig*	87-96	11 Takte	• Oktav-Arpeggien (T. 87-95) • Gebrochene Akkorde mit Doppelgriffen (T. 87-96) • Oktavtremoli (T. 96)
Strophe 6 *Kind/Vater*	98-112	20 Takte	• Oktavtremoli mit und ohne Positionswechsel (T. 97, 99, 101-103) • Oktaven-/Akkord-/Doppelgriffvibrato (T. 98, 100, 104-112) • Übergreifen (T. 101-104) • Dezimen (T. 101-104) • Arpeggien (T. 106, 108-111) • Melodie in der Mittelstimme, Mehrstimmigkeit innerhalb einer Hand (T. 106-112)
Zwischen- spiel	112-116	5 Takte	• Oktavpassagen (T. 113-115) • Oktavenvibrato (T. 112-116)
Strophe 7 *Erlkönig/Kind*	117-131	15 Takte	• Akkord-/Doppelgriffvibrato (T. 117-122, 124, 126) • Große Sprünge (T. 117-123) • Oktavtremoli mit und ohne Positionswechsel (T. 123, 125, 127), Erweiterung mit Doppelgriffen (T. 128-130)
Zwischenspiel	131-132	2 Takte	• Oktavenrepetitionen duolisch (T. 131) • Oktavtremoli (T. 132)
Strophe 8 *Erzähler*	133-148	17 Takte	• Oktaven-/Akkordrepetitionen duolisch (T. 133, 135, 137, 139-145) • Oktav-/Akkordtremoli (134, 136, 138)

IV. Methodisch-didaktische Analyse ausgewählter Anforderungen

In nachfolgender methodisch-didaktischer Analyse werden Wege zur Bewältigung von sieben der in Kapitel III formulierten Anforderungen aufgezeigt. Die Lösungsvorschläge, jeweils am Anfang der Teilkapitel, stützen sich sowohl auf eigene Erfahrungen als auch auf Erkenntnisse bekannter Methodiker wie Rudolph Maria Breithaupt, Joszef Gát, Rudolf Kratzert etc.[24] Die Lösungsvorschläge sind gleichzeitig als Lehr- bzw. Lernziele zu betrachten. Um sie zu erreichen, finden sich am Ende jeden Teilkapitels entsprechende Übungen. Sie verstehen sich im Sinne Breithaupts als „geistige Erfassung der technischen Ausführung und der bewussten Anpassung der Hand- und Fingerformen an die auszuführenden Instrumentalformen, ihrer Lagen, Griffe usw."[25] Dass das Prinzip der elaborierenden Wiederholung für die Bewältigung eine wesentliche Rolle spielt, versteht sich von selbst.[26] Die Übungsvorschläge können daher nur grobe Anregungen geben, für deren Anwendung und Optimierung jeder selbst verantwortlich ist.

1. Oktaven-/Akkord-/Doppelgriffvibrato

Das Vibrato (T. 1 ff.) kann auf zwei verschiedene Arten erzeugt werden, die sich im Grad des Mischungsverhältnisses der am Anschlag beteiligten Gliedmaßen unterscheiden. Eine Möglichkeit bildet das sog. Handgelenksvibrato, das mittels vibrierenden Bewegungen des Handgelenks ausgeführt wird. Es ist laut Gát zwar für das Spiel von Oktavgängen über längere Zeit geeignet, neigt jedoch dazu, ungleichmäßig und dynamisch unzuverlässiger zu sein.[27] Auch Cortot sieht in dieser Technik Vorteile für die Ausdauer, da weniger Muskeln kontrahieren müssen als bei der zweiten Methode mit unbeweglichem Handgelenk.[28] Ich bevorzuge letztere Möglichkeit, die massiver, kraftvoller und dynamisch variabler, aber ermüdender ist.[29] Die erforderliche Schnelligkeit ist dabei v.a. Ergebnis von Zitterbewegungen des Unterarms, die die großen Muskeln Trizeps (Strecker) und Bizeps (Beuger) ermöglichen.[30] Für eine möglichst ökonomische Kraftübertragung dieser Bewegungen bilden Handgelenk und Unterarm eine völlige Einheit. Daher unterlasse ich Bewegungen des Handgelenks und fixiere es wie Evgeny Kissin in einer mittigen Stellung.[31] Der „Hebel" aus Unterarm und Hand bewirkt, dass bereits kleinste vertikale Zitterbewegungen ungehemmt übertragen werden. Die

---

[24] Eine vollständige Aufzählung der verwendeten Methodiker findet sich im Literaturverzeichnis
[25] Breithaupt 1913, S. 96.
[26] Vgl. Baumert, S. 327-354.
[27] Gát 1973, S. 152.
[28] Cortot 1929, S. 91.
[29] Gát 1973, S. 152.
[30] Gát 1973 , S. 118.
[31] Kissin 2008, „Erlkönig".

Stellung des Handgelenks ist dabei individuell unterschiedlich, wie Breithaupt konstatiert.[32] Für die Stellen im *Pianissimo* empfehle ich die Fixierung des Handgelenks etwas zu lösen, da so die anschlagende Masse kleiner wird.

Sowohl bei Handgelenk- als auch bei Unterarmvibrato unterstützen Daumen und kleiner Finger die Anschlagsbewegung durch aktives Greifen im äußersten Fingerglied.[33] Durch das gleichzeitige Zusammenziehen der Beuger- und Streckermuskeln (=Fixierung) zwischen Daumen und kleinem Finger entsteht außerdem ein Spannungsbogen, der die Kraftübertragung aus dem Unterarm begünstigt.[34] Diese Fixierung überträgt sich auch auf die übrigen Finger, deren jeweilige Stellung von Spieler zu Spieler verschieden sein kann. Z.B. Hans von Bülow zog bei Oktaven den zweiten Finger in Richtung Handfläche ein.[35] Ich bevorzuge - wie Feruccio Busoni - eine leicht abgerundete Form der drei mittleren Finger ab dem Mittelgelenk.[36] Positive Effekte auf die Ausdauer hat die Ausnutzung der Repetitionsmechanik, d.h. die Taste wird auf halber Höhe erneut angeschlagen.

Die Akkord- und Doppelgriffrepetitionen können auf dieselbe Art gespielt werden. Die Spannung innerhalb der Hand verteilt sich dabei auf ersten, fünften und vierten bzw. dritten Finger (bspw. T. 6-7 bzw. 13-14).

Übungsvorschläge:

Gát empfiehlt, die oben erwähnte Fixierung zwischen Daumen und kleinem Finger zunächst mit der Spannweite einer Sexte zu trainieren.[37] In diesem Stadium kann mit unterschiedlichen Handgelenkstellungen und -aktivitäten (locker, fixiert) experimentiert werden. Eine Temposteigerung ist dabei mit einer Verkleinerung der Bewegungen verbunden.

Notenbeispiel 1: Sextenskala

usw.

Das Vibrato erreicht man, indem man die Repetitionen mit möglichst schnellen o.g. Bewegungen ausführt. Breithaupt hält fest, dass sich die Streckung des Unterarms während des Anschlags, bei der sich die Hand sich in die Tasten „hineinschiebt", positiv auf die Ausdauer auswirkt.[38] Ziel folgender

---

[32] Siehe Breithaupt 1921, S. 225.
[33] Vgl. Gát 1973, S. 164.
[34] Siehe Gát 1973, S. 141.
[35] vgl. Roth 1995, S. 42.
[36] Ebd.
[37] Siehe Gát 1973, S. 159.
[38] Breithaupt 1921, S. 163.

Übung ist es, alle Anschläge in *eine* große Bewegung (Streckung) zu integrieren. Die Hand gleitet dabei in die Tasten hinein.

Auch der Wechsel mit einer Beugebewegung ist zu trainieren. In Notenbeispiel 3 gleitet der Spieler in die Tasten hinein und heraus. Zweck von Notenbeispiel 4 ist der ökonomische Umgang von Vibrationsbewegungen. Auf eine kurze Beugung (nach dem Anschlag der ersten Achtel) erfolgt eine einzige Streckung des Unterarms, in der alle darauffolgenden Sexten angeschlagen werden.

Ist die geforderte Spannung zwischen Daumen und kleinem Finger im Sextengriff aufgebaut, können die Übungen mit anderen Intervallen ausgeführt werden. Für große Hände können die Übungen auch in Dezimen trainiert werden. Die Oktaven fühlen sich dann insgesamt kleiner an.

Schließlich werden die Vibrationsbewegungen der Oktaventriole mit minimalen Schiebe- und Abgleitbewegungen mit einer der beiden o.g. Vibrationsarten geübt. Dabei werden mehrere Töne zu Schiebe- oder Abgleitgruppen (hinein bzw. heraus) zusammengefasst. Auch diese Übung kann zunächst im Intervall einer Sext ausgeführt werden.

2. Oktavpassagen

Als eine Art Erweiterung zur oben beschriebenen Anschlagsbewegung aus unterschiedlichen Mischungsverhältnissen von Handgelenk und Unterarm tritt hier der Oberarm als Positionsgeber der Hand. Wie schon beim Vibrato bieten sich auch hier verschiedene Lösungsansätze.

Notenbeispiel 6: Erlkönig, T. 1ff.

Ein Wechselfingersatz für die schwarzen Tasten begünstigt eher das geforderte Legato, ist aber innerhalb der Passage nicht durchgängig möglich. Außerdem bedingt der damit verbundene kleinere vertikale Anschlagsschwung m.E. eine verminderte Lautstärke und steht damit im Widerspruch zum vorgezeichneten *forte dramatico*. Auch ein „Gleiten" des fünften Fingers von g nach a und c nach d in Kombination mit dem Wechselfingersatz 4-1 trotz der Vorteile für das Legato den Bewegungsfluss verlangsamt und eine dynamische Gestaltung durch den geringeren Einsatz der Masse des Arms erschwert, wenn nicht verhindert.

Die meisten Spieler bevorzugen hier tatsächlich ersten und fünften Finger, wie eine Videorecherche im Internet ergab.[39] Die Anschlagsbewegungen werden damit größer, damit massereicher und lauter.[40]. Auch Breithaupt befürwortet den einheitlichen Fingersatz 1-5, da der vierte Finger die Hand zur Ausdehnung zwinge, und damit die geschlossene Oktavform sprenge.[41] Ihm zufolge ergeben sich positive Effekte auch im Hinblick auf eine einheitliche „Gleitung" des Handgelenks, d.i. die kreisförmige Bewegung des passiven Handgelenks durch schnellste Rührbewegungen des Unterarms bedingt durch entsprechende Oberarmdrehungen.[42] Um eine verlangsamende und unnötige Schiebebewegungen

---

[39] Siehe youtube.de, Suchbegriff „List Erlkönig" (zuletzt geprüft am 08.05.13).
[40] Vgl. Gát 1973, S. 153.
[41] Breithaupt 1912, S. 233.
[42] Siehe Breithaupt 1921, S. 233 f.

des Oberarms beim Wechsel auf die schwarzen Tasten zu vermeiden, sollten die schwarzen Tasten dabei am vorderen Ende angeschlagen werden.

Übungsvorschläge:

Wie bei o.g. Oktavenvibrato ist für das sichere Greifen auch hier ein guter Zusammenhalt zwischen dem ersten und fünften Finger notwendig. Sextenrepetitionen sind also wiederum die Grundlage für die in den Oktavenskalen geforderte Fixierung zwischen Daumen und kleinem Finger und Bewegungen des Unterarms (→ Siehe III.1.). An diese Übungen knüpft unten angeführte Sextenskala an, die als erweiterte Anforderung die positionierende Seitenbewegung des Oberarms miteinschließt. Da oben genannte Übungen bereits soweit automatisiert sind, kann sich die Konzentration voll auf die neue Bewegung richten. Zur Optimierung sollten die Passagen in verschiedenen Tempi geübt werden.

Notenbeispiel 7: C-Dur-Skala im Sextabstand

usw.

Anschließende kann dieselbe Übung auch in Oktaven oder gar Dezimen ausgeführt werden. Andere Tonarten ermöglichen den Wechsel zwischen weißen und schwarzen Tasten, ebenso chromatische Skalen. Um die Passagen im Legato zu beherrschen, übe man sie mit Wechselfingersätzen. Ergänzende Übungen zu Oktavenpassagen mit Handgelenkseinsatz und Wechselfingersatz finden sich bei Alfred Cortot: Grundbegriffe der Klaviertechnik, S. 88-94.

3. Sprünge

Sprünge bedingen v.a. die Unterarmachse positionierende horizontale Seitwärtsbewegungen des Oberarms. Die Versetzung der Arme und Hände soll dabei möglichst bogenförmig vor sich gehen. Die Wölbung des Bogens richtet sich dabei meist nach der Geschwindigkeit. Höheres Tempo bedingt zumeist einen flacheren Bogen.[43] Gát behauptet, der häufigste Fehler bei Sprüngen sei es, nur auf die Seitenbewegung zu achten, ohne die vertikale Anschlagsbewegung zu bedenken.[44] Die Tasten werden dabei nur „angestoßen", was Unsauberkeiten zur Folge habe. Stattdessen richte man seine Aufmerksamkeit v.a. auf die Zieltöne, indem man die Finger so früh wie möglich für die jeweilige Zielanforderung fixiert und die Zieltasten mit den Fingern greift.[45]

---

[43] Siehe Breithaupt 1921, S. 273.
[44] Gát 1973, S. 176.
[45] Vgl. ebd., S. 175 ff. oder Kratzert 2010, S. 246.

Zu Greif- und Oberarmbewegungen kommt es beim Anspringen von Einzeltönen mitunter zu Rotationsbewegungen des Unterarms. Bei Akkord- und Oktavsprüngen entfällt die Rotationsbewegung, da die Töne gleichzeitig erklingen sollen.[46] Die Hand zeichnet beim Sprung je nach geforderter Geschwindigkeit und Lautstärke einen kleinen oder größeren Bogen nach.[47]

Notenbeispiel 8: Erlkönig T.21 ff., Sprünge mit Akkordvibrati l. H. und r. H.

Notenbeispiel 9,: Erlkönig T. 117 ff., Sprünge mit Akkordvibrati l. H. und r. H.

Oben aufgeführte Beispiele zeigen sowohl Sprünge mit Seitwärtsbewegungen des Oberarms mit Akkorden, Doppelgriffen und Einzeltönen. Gemäß o.g. Erklärung sollte man dabei die Doppelgriffe ohne Unterarmrotation, die Basstöne sowie die Einzeltöne der Melodie mit Unterarmrotation greifen. Die Sprungbewegungen erfolgen wegen des schnellen Tempos in eher flachen Bögen. Die Notenwerte der Melodiestimme können dabei nur durch Einsatz des Haltepedals realisiert werden.

Der Notentext der linken Hand der dritten Strophe (T. 58 ff.) setzt sich sowohl aus Sprungbewegungen als auch aus gebrochenen Akkorden zusammen und ist daher Gegenstand von Punkt 8.

---

[46] Vgl. Gát, S. 182.
[47] Vgl. Breithaupt 1921, S. 270 ff.

Übungsvorschläge:

Um die Sprungbewegungen zu üben, sollte sich die Aufmerksamkeit abwechselnd auf die in o.g. Bewegungsabläufe richten. Unten aufgeführte Übungen beschränken sich nicht auf die gesamte Textur von T. 21 ff., sondern nur auf die Sprungbewegungen. Es empfiehlt sich im langsamen Tempo zu starten, um die Bewegungsabläufe nachvollziehen zu können. Mittels Tempovariationen werden die Bewegungen anschließend optimiert und automatisiert. Die Übungen sollten immer unter Beachtung des Originaltextes ausgeführt werden, um die unten aufgeführten Sprungbewegungen in den originalen Kontext einordnen zu können.

Notenbeispiel 10: Sprungübung zu T. 21 ff. r. H.

Notenbeispiel 11: Sprungübung zu T. 21 ff. l. H.

Nach und nach können die Übungen in Richtung Originaltext variiert bzw. erweitert werden. Dieselben Übungen lassen sich auch mit anderen Texturen der Stellen 58 ff. oder 117 ff. erstellen.

4. Mehrstimmigkeit innerhalb einer Hand

Die Übernahme der Gesangsmelodie in die Klavierstimme ist ein wesentliches Charakteristikum aller Transkriptionen. Damit verbunden ist u.a. die Anforderung an den Spieler, gleichzeitig Melodie- und Begleitstimme in einer Hand darzustellen. Gát sieht die Voraussetzung für die dynamische Gestaltung dieser unterschiedlichen Ebenen in einer Hand wiederum in der Fähigkeit, einen festen Spannungsbogen in der Hand herzustellen (vgl. Punkt 1 und 2).[48] Beim Anschlag eines Akkords (eines festen Griffs) spannen sich automatisch alle fünf Finger an, auch diejenigen, die nicht beteiligt sind.[49] Will man innerhalb des Griffs einen Ton hervorheben, gibt es zwei Möglichkeiten, die auf der Tatsache beruhen, dass Masse und Geschwindigkeit die Lautstärke des Anschlags bestimmen.[50] Die Betonung funktioniert also zum einen durch die Ausrichtung des Armgewichts auf die entsprechende Taste, zum andern durch das niedrigere Einstellen des „Melodiefingers" vor dem Anschlag, wodurch der Ton beim Drücken der entsprechenden Taste unmerklich früher angeschlagen wird.[51]

Die Finger, die die Begleitstimmen anschlagen, werden zwar ebenfalls mit Armgewicht, aber deutlich schwächer belastet.[52]

Übungsvorschläge:

Die Übungsvorschläge zielen auf das Erlernen des „geteilten Armgewichts" und können direkt auf die Literatur übertragen werden. Nachfolgende Übung entstammt Cortots Lehrwerk. Jeder Takt soll über eine längere Dauer geübt werden. Ziel ist die Ausbildung von Vorstreckung des Melodiefingers beim Anschlag sowie die Ausrichtung des Armgewichts auf denselben.

Notenbeispiel 12: Training des geteilten Armgewichts nach Cortot 1929, S. 39

---

[48] Gát 1973, S. 143.
[49] Siehe Gát 1973, S. 143.
[50] Vgl. Kratzert 2010, S. 170.
[51] Siehe Gát 1973, S. 143.
[52] Siehe Kratzert 2010, S. 127.

Cortot konzipierte auch folgende Übung. Fortschreitende Melodik und Begleitstimme erhöhen die Anforderung. Auch hier geht es darum, innerhalb des Akkordgriffs Melodie- und Begleitstimme zu trennen. In der ersten Zeile liegt die Melodiestimme in der Oberstimme, in der zweiten Zeile in der Mittel-, in der dritten Zeile in der Unterstimme. Auch hier können o.g. Bewegungsprinzipien aufgebaut, optimiert und automatisiert werden.

Notenbeispiel 13: Akkorde mit geteiltem Armgewicht nach Cortot 1929, S. 55

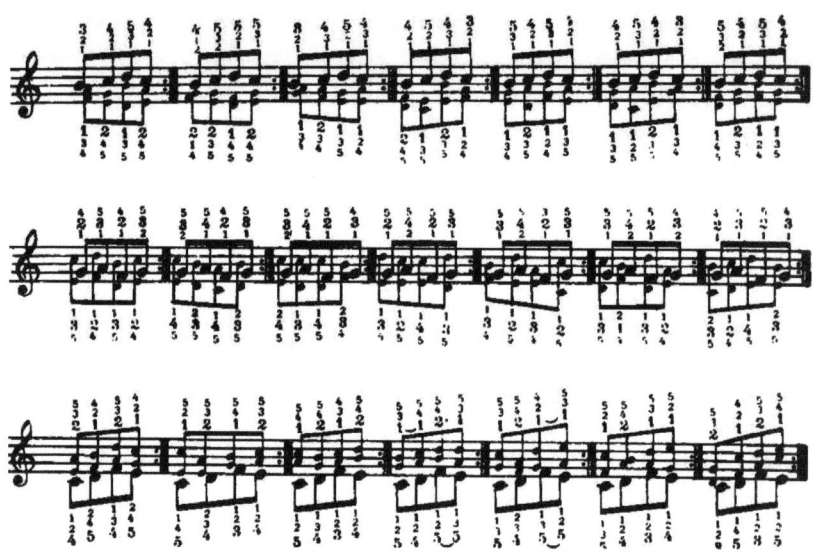

Für die Bewältigung des Erlkönigs ist es förderlich, derlei Übungen in Anlehnung an den originalen Notentext zu erstellen. Das gesonderte Üben der Melodie ohne Begleitstimmen hilft nicht nur beim Aufbau einer gestalterischen Idee, sondern auch die Masse des Arms richtig einzusetzen. Dafür sollte die Melodie auch mit dem finalen Fingersatz gespielt werden. Im Anschluss daran werden Melodie- und Begleitstimme gleichzeitig angeschlagen, wobei der entsprechende Melodiefinger aus einer niedrigeren Position heraus die Taste anschlagen muss (zusätzlich zur Gewichtsverlagerung). Der Rhythmus kann dabei zunächst missachtet werden, da es zunächst nur um die Herausarbeitung von Lautstärkeverhältnissen geht.

5. Tremoli

Katzert definiert den Begriff Tremolo auf dem Klavier als rasch alternierende Töne oder Akkorde.[53] Die jeweilige Tremolotechnik ist dabei abhängig von der jeweiligen Gestalt des Tremolos. So gibt es beidhändige Akkordtremoli, Einzeltontremoli (Tonrepetitionen) mit und ohne Fingerwechsel, Tremoli mit wechselnden Intervallen oder Doppelgriffen, Oktaventremoli (mit und ohne Fortschreitungen) etc. Im Erlkönig finden sich v.a. Tremoli aus gebrochenen Oktaven, die z.T. mit Doppelgriffen und Sprüngen erweitert sind.[54]

Die Oktavtremoli können generell mit drei verschiedenen Techniken realisiert werden: Entweder mit reiner Fingertechnik, mit einer reinen Rotationsbewegung des Unterarms, die Gát im Übrigen als einzige Methode für Oktavtremoli empfiehlt, oder aber mit einer Kombination beider genannter Möglichkeiten.[55] Quellenübergreifender Konsens besteht in der Bevorzugung der reinen Unterarmrotation mit oder ohne Fingertechnik, da das *reine* Fingerspiel meist nicht die erwünschten klanglichen Resultate liefert.[56] Nachfolgende Ausführungen konzentrieren sich daher auf die Rotationstechnik. Sie kann wiederum auf drei verschiedene Möglichkeiten ausgeführt werden: Will man den fünften Finger betonen, bildet der Daumen den Mittelpunkt einer Achse, um die der Unterarm rotiert. Die Betonung ist Folge der größeren Anschlagsbewegung, durch die mehr Masse auf die Klaviatur übertragen wird. Umgekehrt verhält es sich bei der Betonung des ersten Fingers. Bildet der dritte Finger die Rotationsachse der Rotationsbewegung, haben erster und fünfter Finger gleiche Lautstärke.[57] Nachfolgende Grafik verdeutlicht den Bewegungsablauf.

Abbildung 1: Betonungsmöglichkeiten des Doppelgrifftremolos

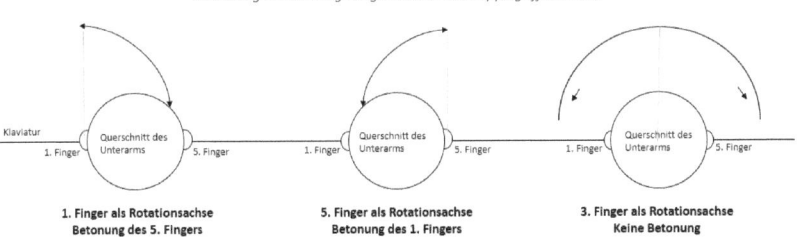

| 1. Finger als Rotationsachse | 5. Finger als Rotationsachse | 3. Finger als Rotationsachse |
| Betonung des 5. Fingers | Betonung des 1. Fingers | Keine Betonung |

Oben aufgeführtes Modell zeigt m.E. eine starke Vereinfachung des Bewegungsablaufs. Die Praxis zeigt, dass die Achsen Daumen bzw. kleiner Finger flexibel bzgl. ihrer räumlichen Positionierung sind.

[53] Kratzert 2010, S. 218.
[54] Oktaventremoli: T. 72, 74, 76, 77, 78, 96, 97, 99, 101-103, 123, 125, 127-130, 132, 134, 136, 138;
[55] Vgl. Gát, S. 168-174., Kratzert, S. 224.
[56] Vgl. ebd. sowie Cortot 1929, S. 83.
[57] Siehe Kratzert, S. 224 ff.

Um auf die Lautstärke des Tremolos Einfluss zu nehmen, wird die Rotationsbewegung mit mehr oder weniger Armgewicht (Masse) und Rotationsamplitude ausgeführt. Während Kratzert Bewegungen des Oberarms für das Tremolieren gänzlich ausschließt, macht Gát deutlich, dass es bei großem Einsatz von Masse zu passiven Schüttelbewegungen des Oberarms kommt („geschütteltes Tremolo").[58]

Zu den Voraussetzungen sicheren Tremolierens gehören neben o.g. Ausführungen auch ein Spannungsbogen (vgl. Kapitel IV.1), sodass die Finger die Tasten aktiv drücken. Auf diese Art können Tremoli mit kleinerer Rotationsbewegung ausgeführt werden.[59]

Notenbeispiel 14: Erlkönig T. 77 ff., Oktavtremoli r. H.

Oben aufgeführtes Beispiel mit einem gleichbleibenden Achteltremolo in der rechten Hand zeigt die einfachste Tremolotextur im Erlkönig. Das *Diminuendo* bezieht sich auf die Melodiestimme, die in der übergreifenden linken Hand liegt. Für die Achteltriolen gilt das Piano aus Takt 78.

Die Triolenstruktur verlangt einen gleichmäßigen Wechsel der oben beschriebenen Rotationsachsen zwischen Daumen und kleinen Finger. Die Rollbewegungen des Unterarms sollten wegen dem *Piano* mit wenig Masse ausgeführt werden. Nachfolgendes Beispiel (T. 72) weißt im Vergleich zu o.g. Beispiel Lagenwechsel auf. Hier sind nicht nur Unterarmrotation, sondern auch Tonrepetitionen und positionsgebende Maßnahmen des Oberarms (rechte Hand) notwendig.

Notenbeispiel 15: Erlkönig, T. 72, Oktavtremoli mit Lagenwechsel r. H.

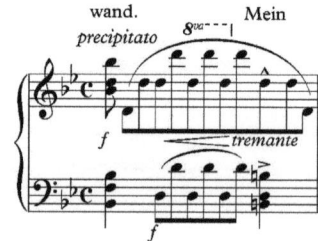

---

[58] Siehe Kratzert, S. 224 sowie Gát, S. 169.
[59] Vgl. Gát, S.170

Beachtet man beim Spiel oben aufgeführten Beispiels die in Abbildung 1 erläuterten Gesetzmäßigkeiten für das Spiel von Oktavtriolen, wird schnell klar, dass die Betonung der ersten Note des Oktavtremolos auf Schlag 2 durch den Lagenwechsel nicht mit Achsenrotation um den fünften Finger möglich ist. Die Betonungen funktionieren hier nur mittels vertikalen Anschlagsschwungs aus dem Unterarm, durch den mehr Masse auf die Taste übertragen wird, wobei die Rotationsbewegungen des Unterarms beibehalten werden.[60] Auf Zählzeit 3 (Umkehrpunkt der Bewegungsrichtung) ist aufgrund der Lage der Hand eine Betonung mittels Daumen-Rotationsachse möglich. Ebenso verhält es sich auf Zählzeit 4, wo die Betonung des Daumens durch die Rotationsbewegung um den kleinen Finger zustande kommt (vgl. Abbildung 1). Um die genannten Anschlagsarten besser nachvollziehen zu können, verdeutlicht nachfolgendes Notenbeispiel die Lagen bzw. Positionen der Textur.

Notenbeispiel 16: Verschiedene Lagen des Oktavtremolos, Erlkönig T. 72

Die Aufgabe der rechten Hand wird erschwert durch die bereits erwähnte notwendige Aktivität des Oberarms, durch die der Ellbogen als Positionsgeber der Hand in einer möglichst fließenden Bewegung nach rechts bzw. links geführt werden muss. Ich empfehle die Finger als Oktavgriff fest einzustellen und so per Seitwärtsbewegung von Position zu Position zu wandern. Eine zweite Möglichkeit wäre mithilfe der Handkontraktion, indem man während der steigenden Oktavtremoli den Daumen während des Anschlags des kleinen Fingers in dessen Richtung bewegt, um die durch den kleinen Finger ausgelöste Taste erneut anzuschlagen (bei den fallenden Oktavtremoli verhält es sich umgekehrt). Im Anschluss an die Kontraktion der Hand muss sie jedoch wieder auf die Spanne einer Oktave eingestellt werden, um zur nächsten Position zu gelangen. Dies bedeutet zusätzliche Muskelarbeit. Daher bevorzuge ich den fixierten Oktavgriff.

Übungsvorschläge:

Nachfolgende Übungen dienen dem Studium der *reinen* Unterarmrollung. Daher konzentriere man sich auch im langsamen Tempo auf die Bewegung der Unterarmrollung. Die Finger sind für den Oktavgriff gespannt. Der aktive Anschlag aus dem Fingergrundgelenk sollte vermieden werden, da er die *reine* Unterarmrotation zunächst behindert. Notenbeispiel 17 fokussiert die Betonungen des 1.

---

[60] Vgl. Kratzert 2010, S. 230.

Fingers, Notenbeispiel 18 die Betonungen des 5. Fingers. Beide Übungen sind auf die rechte Hand übertragbar.

Notenbeispiel 17: Betonung des 5. Fingers nach Kratzert 2010, S. 224

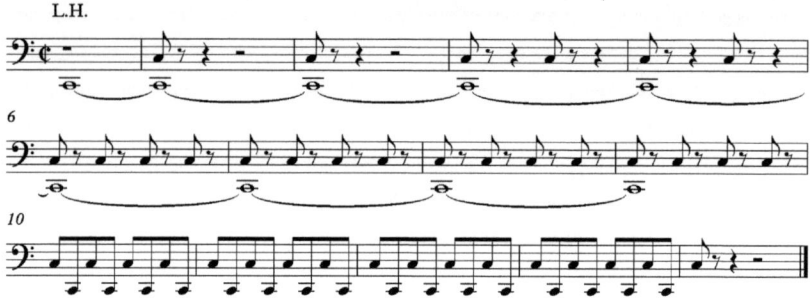

Notenbeispiel 18: Betonung des Daumens nach Kratzert 2010, S. 225

Als grundlegende Übung für unbetonte Oktavtremoli empfiehlt es sich, den dritten Finger als Rotationsachse des Unterarms zu verwenden, indem man ihn während des Oktaventremolos als Achsenmittpunkt des rotierenden Unterarms im Tastengrund liegen lässt.

Nachdem oben aufgeführte Prinzipien automatisiert wurden, können daraus Übeprinzipien für die konkreten Anforderungen der Literatur abgeleitet werden. Nachfolgendes Notenbeispiel dient als Übung für T. 77 f. Der Achsendrehpunkt bleibt dabei abwechselnd liegen, um die Betonungen aus der Pronations- bzw. Supinationsrotation zu gewährleisten.

Notenbeispiel 19: Abwechselnde Betonung des 1. und 5. Fingers

Tremoli mit Lagenwechsel (T. 72 etc.) werden zu Übungszwecken in ihre Bewegungsbestandteile zerlegt. Nachfolgendes Beispiel dient dem isolierten Training der Seitenbewegung mithilfe des fixierten Oktavgriffs. Die Finger stoßen dabei nicht, sondern greifen die Taste.

Notenbeispiel 20: Seitwärtsführung fixierter Oktavgriffe

Wie oben beschrieben müssen die Anschlagsbewegung in T. 77 mithilfe von Unterarmrotation und vertikalem Unterarmschwung erfolgen (Notenbeispiel 14). Auch diese Bewegungen sollten zunächst mit großer Sorgfalt trainiert werden. In nachfolgendem Notenbeispiel wurden sie daher farbig gekennzeichnet. Grün umrahmte Noten deuten auf den vertikalen Anschlagsschwung, orange markierte Noten auf Unterarmrotation. Die Bögen verdeutlichen die verschiedenen Lagen. Um einen besseren Anschlagsschwung mittels Rotationsbewegung zu erreichen, können die *vor* Zählzeit 3 und 4 stehenden Triolenachtel gemäß den Bindebögen zunächst liegen bleiben, um die Drehpunkte der Rotationsbewegung deutlich zu erkennen und die Bewegung entsprechend auszuführen (vgl. Übung a).

Notenbeispiel 21: Vertikalschwünge und Rotationsbewegungen

6. Arpeggien

Unter Arpeggien sind hier sowohl „vom Harfenspiel angeregte Akkordbrechungen" als auch arpeggierte Oktaven zusammengefasst.[61] Das Auf- und Abwärtsspielen der Akkordtöne, das im Verständnis des 18. Jh. ebenfalls mit dem Begriff „Arpeggio" bezeichnet wird, ist Gegenstand von Punkt 7 „Gebrochene Akkorde".

Grundsätzlich wichtig für die Bewältigung eines Arpeggios ist die Seitwärtsbewegung des Oberarms. Sie ermöglicht das genaue Greifen der Einzeltöne durch das Einstellen der Unterarmachse. Den Grund für häufiges „Danebengreifen" sieht Gát in der Anwendung der Unterarmrotation bei Arpeggien,

---

[61] Dietel 2000, S. 21.

wodurch die Tasten „gestoßen" und nicht gegriffen werden.[62] Ein *minimaler* Anteil der Rotation gerade bei weit gespannten Arpeggien sei aber nicht auszuschließen.[63] Das beweisen bspw. die Durchführung der weit gespannten Arpeggien in T. 58 ff. (Notenbeispiel 22) durch Evgeny Kissin, Valentina Lisitsa und Yuja Wang.[64]

Notenbeispiel 22: Liszt Erlkönig T. 58 ff., weitgespannte Akkord-Arpeggien r. H.

Die Rotationsbewegung des Unterarms bezieht sich dabei auf den jeweils obersten Ton des Arpeggios, der durch die damit größere Masse mit einem Klangakzent versehen wird. Insgesamt sollte sich der Einsatz des Armgewichts in T. 58 ff. in Grenzen halten, um das *Piano Pianissimo* zu gewährleisten. Die große Spannweite der Arpeggien bedingt im Übrigen den Einsatz des Haltepedals, da die Notenwerte nicht in einer Position spielbar sind (Siehe Pedalangaben).

Notenbeispiel 23: Erlkönig T. 87 ff., arpeggierte Oktaven mit Doppelgriffnachschlag r. H.

Für die Bewältigung der arpeggierten Oktaven in T. 87 ff. (r. H.) muss die Greifbewegung ohne Rotation ausgeführt werden, da die nachschlagenden Doppelgriffe einen auf die Handmitte eingestellten Schwerpunkt bedingen. Die Supinationsrollung als Anschlagsbewegung der arpeggierten Oktaven hätte eine „schiefe" Handstellung nach dem Anschlag zur Folge, die den gleichzeitigen Anschlag des

---

[62] Gát 1973, S. 166.
[63] Ebd.
[64] Nachprüfbar unter: http://www.youtube.com/watch?v=hHE0Ibz19YI; http://www.youtube.com/watch?v=gQrqazUWPug; http://www.youtube.com/watch?v=PFPSun30TBE, zuletzt geprüft am 01.05.13

Doppelgriffs, für den die horizontale Ausrichtung der Hand optimal ist, erschweren würde. Gegen den Einsatz der Anschlagsbewegung aus der Unterarmrollung sprechen auch das *Pianissimo* und das *Leggiero amorosamente*. Der Einsatz von Masse muss daher auf ein Minimum beschränkt werden.

Die horizontale Handhaltung und die kleine Masse bedingen den Einsatz der Fingertechnik.[65] Das geforderte *Staccato* muss also ebenfalls mit Fingertechnik gespielt werden. Eignung beansprucht z.B. das Fingerstacccato nach Alfred Hoehn, bei der die Finger die Tasten mittels einer Einzugsbewegung des Mittelgelenks anschlagen.[66]

Notenbeispiel 24: Erlkönig T. 106 ff., Doppeloktav-Arpeggien l. H.

In T. 108 ff. erstrecken sich die arpeggierten Oktaven erstrecken sich stellenweise auch über zwei Oktaven. Der Fingersatz 5-1-2 stammt von Liszt und ist Grundlage meiner methodischen Entscheidungen.[67] Die weite Lage dieser Arpeggien verlangt wie in T. 58 ff. den Einsatz des Haltepedals. Ein Überschlag auf den zweiten Finger mit der Achsendrehung um den Daumen ist zu vermeiden, da die daraus resultierende Außendrehung des Ellbogens sowohl die Treffsicherheit als auch die Verlagerung des Schwerpunkts auf den obersten Ton des Arpeggios erschwert, wenn nicht verhindert. Die Hand sollte stattdessen vertikal über die Tasten geführt werden, wobei der Oberarm die Seitwärtsbewegung steuert und ein sicheres Greifen bzw. „Platz nehmen" des zweiten Fingers auf dem Zielton des Arpeggios ermöglicht. Die so gebildete Gliederkette ermöglicht die oft proklamierte „Verlängerung der Taste".[68] Diese Beschreibung deckt sich mit Breithaupts Beschreibung: „Die Unterarmlängsachse muss seitlich mitversetzt werden, soll die Hand in natürlicher Form zu ihren neuen Lagen gelangen."[69]

---

[65] Vgl. Breithaupt 1921, S. 365 ff., siehe auch Punkt 7 **Gebrochene Akkorde**
[66] Siehe Roth 1995, S. 26.
[67] Vgl. Martos; Sulyok 1997, S. 29 ff.
[68] Gát 1973
[69] Breithaupt 1921, S. 216.

Oben aufgeführte Form zählt zu den einfacheren Arpeggien, die ohne Lagenwechsel mit einem Griff gespielt werden. Auch hier gelten die Grundsätze Greifen und Ausrichtung des Schwerpunkts auf den Melodieton am oberen Ende des Arpeggios.

Übungsvorschläge:

Oben aufgeführte Bespiele zeigen, dass es neben einigen Gemeinsamkeiten doch große Texturunterschiede gibt. Daher empfiehlt Gát das Üben der Arpeggien auf die jeweiligen Literaturanforderungen auszurichten.[70] Beim Üben zuletzt genannter Arpeggien (Notenbeispiel 1Notenbeispiel 25) können die Prinzipien des Arpeggios (mögliche Voreinstellungen des Griffs, Schwerpunktverlagerung durch Seitwärtsbewegung des Oberarms zur obersten Arpeggie hin, Greifen der Tasten etc.) aufgrund der geringen Spannweite am leichtesten verwirklicht werden. Um die Betonung des obersten Tons zu gewährleisten, empfehle ich zunächst das gemeinsame Greifen des gesamten Akkords, wobei auf dem Melodieton mehr Masse (Armgewicht) lagert. Nach wenigen Durchgängen sollte der Griff so verinnerlicht sein, dass das Arpeggio ohne weiteres möglich ist.

Das Arpeggio in 58 ff. sollte, soweit möglich, ebenfalls in vorfixierten Griffen trainiert werden. Die Spannweite verhindert zwar größtenteils den einheitlichen Griff. Die Arpeggien können aber „unterteilt" werden. Um den grundlegenden Bewegungsablauf kennen zu lernen, ist wiederum eine Texturänderung sinnvoll. Notenbeispiel 26 dient dem Aufbau des festen Griffs und der Einteilung des Arpeggios. Die Trennung des obersten Tons im Notenbeispiel verdeutlicht, dass nicht alle Töne gleichzeitig gegriffen werden können. Für das Treffen des jeweils obersten Tons sind, wie oben beschrieben, das Vorspannen des kleinen Fingers, die Fokussierung des Zieltons, die Seitwärtsbewegung des Oberarms und schließlich die genaue Ausrichtung des Schwerpunkts auf den anzuschlagenden Fingern notwendig.[71] Diese Prinzipien können anhand unten aufgeführter Übung automatisiert werden. Sie sollte zunächst langsam ausgeführt werden, um sich den

---

[70] Siehe Gát 1973, S. 165.
[71] Vgl. Gát 1973, S. 164 f.

Bewegungskomplex zu vergegenwärtigen. Das Spielen der Originalstelle im Tempo liefert zusätzliches *Feedback* bzgl. der Bewegungen.

Notenbeispiel 26: Variation der Arpeggien aus 58 ff.

Auch in T. 106 ff. sollte sich der Spieler zuallererst auf das sichere Greifen konzentrieren (Notenbeispiel 24). Indem er im langsamen Tempo die untere Oktave zuerst gleichzeitig anschlägt, sodann den Arm in die für den Anschlag des zweiten Fingers notwendige Position bringt, lernt er den Bewegungsablauf kennen. Auf diese Art vermeidet er auch die oben als unnötige konstatierte Handrollung über den Daumen. Anschließend kann die Stelle in ihrer Originaltextur geübt werden.

Ähnliches gilt schließlich für die arpeggierten Oktaven in T. 87 ff. (Notenbeispiel 23). Da sie zusammen mit den jeweils nachschlagenden Doppelgriffen einen Akkord bilden, sollte auch hier die Gesamttextur als Einheit verstanden und zunächst in Griffen geübt werden (Notenbeispiel 27). Das steigert die Koordination und damit die Schnelligkeit. Konkret kann die Übung z.B. folgendermaßen aussehen: Beim einhändigen Training der Takte 87-95 werden die Oktaven und Doppelgriffe auf den Zählzeiten eins und drei gemeinsam angeschlagen, da nur hier vollgriffige Akkorde vorkommen. Auch die dabei auftretenden dreistimmigen Arpeggien werden in diesem Stadium gleichzeitig gegriffen.

Der nächste Schritt beginnt wiederum mit dem gemeinsamen Anschlag. Die Doppelgriffe bleiben dabei jedoch im Tastengrund liegen. Währenddessen wird die arpeggierte Oktave aus Daumen und kl. Finger angeschlagen. Das Liegenlassen des Doppelgriffs fördert dabei den Einsatz der reinen Fingerbewegung. Die oben als schwerfälliger entlarvte Rotationsbewegung des Unterarms ist zu vernachlässigen (vgl. oben). Dabei kann entweder sofort oder auch erst nach Automatisierung der Griffe das *Staccato* miteinbezogen werden. Mit unten aufgeführter Übung lässt sich auch das Staccato mittels einziehender Fingerbewegung optimal trainieren.

Notenbeispiel 27: Greifen und Anschlag der arpeggierten Oktaven in 87 ff. mit Doppelgriffen

usw.

7. Gebrochene Akkorde

Auch bei gebrochenen Akkorden muss der Spannungsbogen innerhalb der Hand den Anforderungen entsprechend voreingestellt werden. Diese in erster Line Koordinationsleistung wirkt sich positiv auf Schnelligkeit und Treffsicherheit aus.[72] Den Hauptanteil am Anschlagsschwung haben laut Gát die Finger zu verrichten, deren Streckung mit wachsender Entfernung der einzelnen Akkordtöne steigt (bis zum Sprung). Seitenbewegungen des Oberarms sowie Rotationsbewegungen dienen wiederum zur Ausrichtung der Armgewichts auf die jeweils zu greifende Taste und gleichen z.T. Kraftdifferenzen der Finger aus.[73] Das jeweilige Mischungsverhältnis ist in erster Linie durch die Textur der jeweils vorliegenden Akkordbrechungen bestimmt.

Notenbeispiel 28: Erlkönig T. 58 ff., Sprünge und Akkordbrechungen l. H.

Wie bereits unter Punkt 3 erwähnt, finden sich in T. 58 ff. sowohl Sprünge als auch Akkordbrechungen. Die Sprungbewegungen zwischen Basston und Doppelgriff sollten ob des hohen Tempos in kleinen Bögen möglichst flach an der Tastatur erfolgen. Die Finger sollten dabei bereits auf den anvisierten Doppelgriff eingestellt sein. Gleichzeitig sind Rotationsbewegungen im Unterarm zu unterlassen, da die die Zieltöne der Sprungbewegung als Doppelgriffe jeweils gleichzeitig angeschlagen werden müssen. Stattdessen bleibt der Unterarm während der Seitwärtsbewegung vertikal eingestellt. Die Abwärtsbewegung ab dem Doppelgriff kann hingegen mit einer Rollung/Rotation erfolgen, da der Zielton (Basston) als Einzelton auch mit leichter Supination angeschlagen werden kann. Die Finger sind dabei ebenfalls vorgestreckt. Hier sind zudem Hebungen und Senkungen des Handgelenks zu beobachten, wie sie Breithaupt für das Arpeggien- und Passagenspiel konstatiert (Abbildung 2).[74]

---

[72] Siehe Gát 1973, S. 164.
[73] Siehe Gát 1973, S. 164.
[74] Siehe Breithaupt 1921, S. 217 ff.

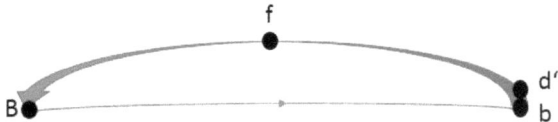

Um o.g. Lösungsvorschlag noch einmal zu verdeutlichen, sind in nachfolgendem Notenbeispiel Sprung und Rollbewegung mittels Bogen deutlich voneinander getrennt. Der Bogen symbolisiert die Handgelenksrollung. Zwischen den Bögen findet die Sprungbewegung statt. Es bietet sich an, das Notenbeispiel als Übungsvorlage zu verwenden.

Notenbeispiel 29: Erlkönig T. 58 ff., Bewegungsgliederung durch Bögen

Als weitere Anforderung kommt das *Leggiero* hinzu, das von Breithaupt in zwei unterschiedliche Techniken eingeteilt wird: Die „offene" und die „gedeckte" Form (*Jeu Perlé*).[75] Beim *Jeu Perlé* bleiben die Finger immer in Tastenkontakt. Aus dieser Haltung erfolgt ein Tastenanschlag, der nicht über die Spieltiefe der Taste hinausgeht (ca. 10 mm) mit genau dem Gewicht, das zur Überwindung des Tastenwiderstandes benötigt wird (ca. 50 g). Weil zur Realisierung dieses Anschlags die Hand sehr ruhig gehalten werden muss, ist diese *Leggiero*-Technik wegen o.g. Bewegungsablauf mit Unterarm- und Handgelenksbewegungen für vorliegendes Beispiel ungeeignet.[76]

Vermutlich beabsichtigte Liszt also die offene Form. Hauptcharakteristikum dieser *Leggiero*-Technik ist die geringe Spieltiefe, d.h. die Tasten werden nicht bis zum Grund, sondern nur bis zum Druckpunkt für die Auslösung der Hämmer „gedrückt".[77] Da sich dieser Druckpunkt meist im unteren Drittel der insgesamt möglichen Tastensenkung befindet, reicht die von den Fingern aufgewendete Kraft meist

---

[75] Breithaupt 1921, S. 365-367
[76] Siehe Breithaupt 1921, S. 366.
[77] Breithaupt 1921, S. 356.

aus, die Taste bis auf den Grund anzuschlagen. Trotzdem ist bei genauer Beachtung der Parameter dieses *Leggieros* eine geringe Lautstärke möglich (*Pianissimo* vorgezeichnet). Die Bewegungen des Handgelenks werden dadurch nicht eingeschränkt.

Notenbeispiel 30: Liszt Erlkönig T. 87 ff.

Die offene *Leggiero*-Technik kommt auch in Strophe 5 (T. 87 ff.) zum Einsatz. Die Akkordzerlegung ist hier leichter zu lösen, da große Sprünge innerhalb der Spielfigur fehlen (Ausnahme: T. 88, Schlag 1). Trotzdem müssen alle Töne gleichermaßen gegriffen werden. Dafür notwendig ist wiederum die Voreinstellung der Hand auf die kommenden Akkordtöne und die Seitwärtsbewegungen des Oberarms. Der Mittelfinger bildet dabei den Mittelpunkt einer Achse, um die sich die Hand sowohl vertikal als auch horizontal bewegt. Auf horizontaler Ebene dreht sich das Handgelenk bei aufsteigender Akkordbrechung von der Radial- zur Ulnarstellung, bei abwärts gerichteter Akkordbrechung von der Ulnar- zur Radialstellung. Auf vertikaler Ebene gliedert sich die auf- und absteigende Akkordbrechung in zwei sich senkende Handgelenksschwünge (Abbildung 3). Dieses Bewegungsmuster gilt für alle gebrochenen Akkorde bis einschließlich T. 92. Die Ausnahme bildet T. 87, wo der oktavierte Bass eine Sprungbewegung zu den gebrochenen Akkorden nach sich zieht (Siehe Notenbeispiel 30).

Abbildung 3 Handgelenksschwünge in T. 88, Zählzeit 1 m. 2

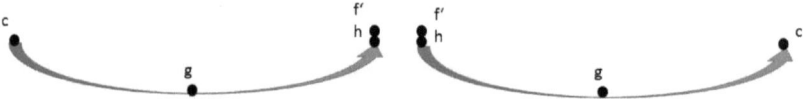

Ab Takt 93 tritt anstelle des Einzeltons als Drehpunkt der Bewegung ein Terzgriff. Die Handgelenksschwünge verbleiben dabei noch stärker in einer horizontalen Ebene, weil das Intervall gleichzeitig angeschlagen werden muss.

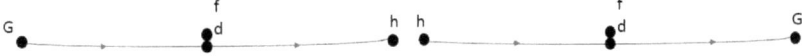

Übungsvorschläge:

Zweck folgender Übungen ist der Aufbau einer groben Vorstellung des Bewegungsablaufs. Jeder Takt sollte über längere Dauer geübt werden, um die Automatisierung sicherzustellen. Nachfolgende Übung kann auf alle Rotationsbewegungen der dritten Strophe übertragen werden. Wichtig ist die Aufmerksamkeit v.a. auf das Greifen sowie die Seitwärtsbewegung des Oberarms zu lenken.

Notenbeispiel 31: Rotationübung zu T. 58 ff. l. H.

Anschließend kann die Originaltextur in Gestalt von Notenbeispiel 29 geübt werden. Erst nach der Automatisierung aller darin enthaltenen Bewegungsabläufe sollte man sich dem *Leggiero* widmen.

Denn ein nur „oberflächiger", bis zum Druckpunkt der Taste reichender Anschlag sowie das sehr geringe Armgewicht erschweren das genaue Ertasten und Greifen der Taste. Das haptische Feedback für die Optimierung und Automatisierung der Bewegungskoordination wäre damit deutlich geringer. Dasselbe gilt für T. 87 ff. Wie oben erwähnt, sind hier wegen der Doppelgriffe nur minimale oder gar keine Rotationsbewegungen notwendig. Dafür wandert die Hand ständig zwischen unlnarer und radialer Stellung hin und her. Um das sichere Greifen zu trainieren, empfiehlt es sich auch hier, zunächst die Griffe zu üben. Die Übungen ergeben sich wiederum aus Notentextvariationen. Mit Notenbeispiel 32 Variante a) können die Drehbewegungen des Handgelenks über den fixierten Drehpunkt des dritten Fingers trainiert werden. Variante b) geht einen Schritt weiter und orientiert sich noch stärker am Notentext. Diese Übungen können auch auf alle Texturen bis einschließlich T. 94 übertragen werden.

Notenbeispiel 32: Notentextvariationen T. 87 ff.

V. Fazit

In nachfolgender Zusammenfassung der Arbeit beziehe ich Stellung zu den von mir eingangs formulierten Fragestellungen nach Gestalt, Maß und Erreichbarkeit technisch-virtuoser Fähigkeiten. Für die Beantwortung der Fragen war es grundsätzlich sinnvoll, Technik als das wesentliche und erlernbare Element der Virtuosität zu verstehen (Kap. II.1). Daher richten sich auch die *erlernbaren* Anforderungen virtuoser Literatur auf die Technik des Klavierspiels. Diese Anforderungen unterteilen sich in vier verschiedene Bereiche, die eng ineinander verschlungen sind: Schnelligkeit, Ausdauer, Kraft und ihre optimale Übertagung (Kap. II.1). Sie fordern vom jeweiligen Spieler Höchstleistungen und gelten daher trotz ihrer Einseitigkeit auf technische Aspekte als Indikator für virtuose (Klavier-)Musik. Sie äußern sich im Notentext in vielerlei Gestalt (Kap. III.2). Die Klaviermethodik hat mittels „mechanistischen" als auch „ganzheitlich" geprägten Ansätzen versucht, diese Grundanforderungen lehr- und lernbar zu machen (Kap. II.2). Daher richten sich alle methodischen Lehrwerke auf die Technik des Klavierspiels.

Wie stark die o.g. technisch-virtuosen Grundanforderungen im Notentext vertreten sind und vom Interpreten erfüllt werden, bildet das Maß für technisch-virtuose Fähigkeiten. Ein konkreter Wert kann dabei nicht konstatiert werden.

Die dritte Frage bezog sich auf die Erreichbarkeit technisch-virtuoser Fähigkeiten und damit auf den Titel der Arbeit. Da technische Anforderungen auf der Grundlage der vier Grundanforderungen genau definiert werden können, d.h. der notwendige Grad an Kompetenz beschrieben werden kann, ist es möglich, genaue methodische Anleitungen zur Erreichbarkeit dieser technischen Aspekte zu geben (Kap. IV). Inwiefern diese Kompetenzstufe erreicht wird, hängt von den geistigen und motorischen Dispositionen, dem technischen Vorwissen und nicht zuletzt von motivationalen Bedingungen aufseiten des Spielers ab.

Die Technik ist also, wie oben erwähnt, Voraussetzung und Indikator für Virtuosität. Die eingangs erwähnte „schönste musikalische Idee" als ihre Hauptkomponente kann schließlich nur in der langfristigen kognitiv-emotionalen Auseinandersetzung mit der Musik erworben werden.

Anhang

Franz Liszt: Der Erlkönig. Ausgabe: Sauer, Emil: Liszt. Lieder-Bearbeitungen für Klavier zu zwei Händen. Frankfurt, Leipzig, London, New York: C. F. Peters (vergriffen).

Notentext aufgrund von Urheberrechtsbestimmungen ausgeblendet

Literaturverzeichnis

Baumert, Jürgen (1993): Lernstrategien, motivationale Orientierung und Selbstwirksamkeitsüberzeugungen im Kontext schulischen Lernens. In: *Unterrichtswissenschaft. Zeitschrift für Lernforschung, 21* (21), S. 327–354.

Blume, Friedrich; Finscher, Ludwig (1994-<2007 >): Die Musik in Geschichte und Gegenwart. Allgemeine Enzyklopädie der Musik. 2. Aufl. Kassel, Stuttgart: Bärenreiter; Metzler.

Breithaupt, Rudolf Maria (1913): Die natürliche Klaviertechnik. Die Grundlagen des Gewichtspiels. 4. Aufl. 3 Bände. Leipzig: C. F. Kahnt (2).

Breithaupt, Rudolf Maria (1921): Die natürliche Klaviertechnik. Handbuch der modernen Methodik und Spielpraxis für Künstler und Lehrer, Konservatorien und Institute, Seminare und Schulen. 5. Aufl. 3 Bände. Leipzig: C. F. Kahnt (Bd. 1).

Bromen, Stefan (1997): Studien zu den Klaviertranskriptionen Schumannscher Lieder von Franz Liszt, Clara Schumann und Carl Reinecke. Sinzig: Studio.

Cortot, Alfred (1929): Grundbegriffe der Klaviertechnik. 3. Aufl. Paris: Editions Salabert.

Dietel, Gerhard (2000): Wörterbuch Musik. Originalausg. München, Kassel: Deutscher Taschenbuch Verlag; Bärenreiter-Verlag.

Eugen Tetzel (1909): Das Problem der Modernen Klaviertechnik. Unter Mitarbeit von Xaver Schawenka. 1. Aufl. Leipzig: Breitkopf & Härtel.

Gát, József (1978): Die Technik des Klavierspiels. 3. Aufl. Kassel, Basel [usw.]: Bärenreiter.

Großmann, Linde (2004): Der geborene Virtuose? Gedanken zur Erlernbarkeit der Virtuosität. In: Heinz von Loesch, Ulrich Mahlert und Peter Rummenhöller (Hg.): Musikalische Virtuosität. Mainz: Schott, S. 197–204.

Heister, Hanns-Werner (2004): Zur Theorie der Virtuosität. Eine Skizze. In: Heinz von Loesch, Ulrich Mahlert und Peter Rummenhöller (Hg.): Musikalische Virtuosität. Mainz: Schott, S. 17–38.

Kabisch, Thomas (1984): Liszt und Schubert. München: E. Katzbichler (Berliner musikwissenschaftliche Arbeiten, 23).

Kratzert, Rudolf (2002): Technik des Klavierspiels. Ein Handbuch für Pianisten. 3. Aufl. Kassel, New York: Bärenreiter.

Leimer, Karl; Gieseking, Walter (1998): Modernes Klavierspiel. Mit Ergänzung Rhythmik, Dynamik, Pedal. 27. Aufl., 36. - 37. Tsd. Mainz [u.a.]: Schott (Studienbuch Musik).

Loesch, Heinz von; Mahlert, Ulrich; Rummenhöller, Peter (Hg.) (2004): Musikalische Virtuosität. Mainz: Schott.

Martos, Sulyok (1997): Liszt Franz. Transkriptionen. Unter Mitarbeit von László Martos und Imre Sulyok. Budapest: Editio Musica Budapes (5).

Matuschka, Mathias (1987): Die Erneuerung der Klaviertechnik nach Liszt. München: Musikverlag E. Katzbichler.

Raabe, Peter (1968): Franz Liszt. Liszts Schaffen. Zweite ergänzte Auflage. 2. Aufl. 2 Bände. Tutzing: Hans Schneider (2).

Roth, Georg (1995): Methodik des virtuosen Klavierspiels. Alfred Hoehns Methode. Wilhelmshaven: F. Noetzel, "Heinrichshofen-Bücher" (Musikpädagogische Bibliothek, 38).

Sauer, Emil: Liszt. Lieder-Bearbeitungen für Klavier zu zwei Händen. Frankfurt, Leipzig, London, New York: C. F. Peters.

Wolff, Dagmar (2008): Zur Optimierbarkeit von Klaviertechnik. Erfassung und Evaluation von Bewegungsabläufen und Übestrategien. Mainz [u.a.]: Schott Music (Schott Campus).

Internetseiten

Kissin, Evgeny (2008): Kissin Plays Schubert, Brahms, Bach, Liszt, Gluck. DVD: Universal/Music/DVD. Online verfügbar unter http://www.youtube.com/watch?v=hHE0Ibz19YI, zuletzt geprüft am 08.05.13.

Lisitsa, Valentina (2012): Schubert/Liszt: Der Erlkönig. Salonkonzert mit Valentina Lisitsa aus dem Palais Neustein, Salzburg (Teil I). Online verfügbar unter https://www.youtube.com/watch?v=gQrqazUWPug, zuletzt geprüft am 01.05.2013.

Wang, Yuja (2009): Schubert/Liszt: Der Erlkönig. Online verfügbar unter https://www.youtube.com/watch?v=PFPSun30TBE, zuletzt geprüft am 01.05.2013.

Abbildungs- und Tabellenverzeichnis

Titelblatt Logo: © Hochschule für katholische Kirchenmusik und Musikpädagogik Regensburg, mit freundlicher Genehmigung.

Titelbilder: „Verschiedene Haltungen Liszts, des Königs des Klaviers". Nach ungarischen Karikaturen. In: Weilguny, Hedwig; Handrick, Willy (1958): Franz Liszt. Biographie in Bildern. Weimar: Volksverlag. S. 130 f.

Abbildung 1: Betonungsmöglichkeiten des Doppelgrifftremolos 19
Abbildung 2: Hebung und Senkung des Handgelenks in T. 58 l. H. 29
Abbildung 3 Handgelenksschwünge in T. 88, Zählzeit 1 m. 2 30
Abbildung 4: Handgelenksschwünge in T.93, Zählzeit 1 m. 2 31

Tabelle 1: Die Formteile und ihre technischen Anforderungen (ohne Anspruch auf Vollständigkeit) ... 9

Verzeichnis der Notenbeispiele

Notenbeispiel 1: Sextenskala 11

Notenbeispiel 2: Repetition mit Streckbewegung nach Gát 1973, S. 163 12

Notenbeispiel 3: Schiebe- und Abziehbewegungen nach Breithaupt 1921, S.228 12

Notenbeispiel 4: Kombination von kurzer Beugung und langer Streckung nach Gát 1973, S. 163 12

Notenbeispiel 5: Bewegungsunterteilung eines Triolenvibratos nach Breithaupt 1921, S. 228 12

Notenbeispiel 6: Erlkönig, T. 1ff. 13

Notenbeispiel 7: C-Dur-Skala im Sextabstand 14

Notenbeispiel 8: Erlkönig T.21 ff., Sprünge mit Akkordvibrati l. H. und r. H. 15

Notenbeispiel 9,: Erlkönig T. 117 ff., Sprünge mit Akkordvibrati l. H. und r. H. 15

Notenbeispiel 10: Sprungübung zu T. 21 ff. r. H. 16

Notenbeispiel 11: Sprungübung zu T. 21 ff. l. H. 16

Notenbeispiel 12: Training des geteilten Armgewichts nach Cortot 1929, S. 39 17

Notenbeispiel 13: Akkorde mit geteiltem Armgewicht nach Cortot 1929, S. 55 18

Notenbeispiel 14: Erlkönig T. 77 ff., Oktavtremoli r. H. 20

Notenbeispiel 15: Erlkönig, T. 72, Oktavtremoli mit Lagenwechsel r. H. 20

Notenbeispiel 16: Verschiedene Lagen des Oktavtremolos, Erlkönig T. 72 21

Notenbeispiel 17: Betonung des 5. Fingers nach Kratzert 2010, S. 224 22

Notenbeispiel 18: Betonung des Daumens nach Kratzert 2010, S. 225 22

Notenbeispiel 19: Abwechselnde Betonung des 1. und 5. Fingers 22

Notenbeispiel 20: Seitwärtsführung fixierter Oktavgriffe 23

Notenbeispiel 21: Vertikalschwünge und Rotationsbewegungen 23

Notenbeispiel 22: Liszt Erlkönig T. 58 ff., weitgespannte Akkord-Arpeggien r. H. 24

Notenbeispiel 23: Erlkönig T. 87 ff., arpeggierte Oktaven mit Doppelgriffnachschlag r. H. 24

Notenbeispiel 24: Erlkönig T. 106 ff., Doppeloktav-Arpeggien l. H. 25

Notenbeispiel 25: Erlkönig T. 42 ff., arpeggierte Akkorde in enger Lage l. H. 26

Notenbeispiel 26: Variation der Arpeggien aus 58 ff. 27

Notenbeispiel 27: Greifen und Anschlag der arpeggierten Oktaven in 87 ff. mit Doppelgriffen 27

Notenbeispiel 28: Erlkönig T. 58 ff., Sprünge und Akkordbrechungen l. H. 28

Notenbeispiel 29: Erlkönig T. 58 ff., Bewegungsgliederung durch Bögen 29

Notenbeispiel 30: Liszt Erlkönig T. 87 ff. 30

Notenbeispiel 31: Rotationübung zu T. 58 ff. l. H. 31

Notenbeispiel 32: Notentextvariationen T. 87 ff. 32